청어詩人選 163

조대연 시집

슬퍼도 숨지 마

청어

슬퍼도 숨지 마

조대연 지음

발 행 처 · 도서출판 청어
발 행 인 · 이영철
영 업 · 이동호
기 획 · 이용희
편 집 · 방세화
디 자 인 · 이해니 | 이수빈
제작이사 · 공병한
인 쇄 · 두리터

등 록 · 1999년 5월 3일
(제1999-000063호)

1쇄 발행 · 2019년 4월 30일
2쇄 발행 · 2019년 6월 10일

주소 · 서울특별시 서초구 남부순환로 364길 8-15 동일빌딩 2층
대표전화 · 02-586-0477
팩시밀리 · 0303-0942-0478

홈페이지 · www.chungeobook.com
E-mail · ppi20@hanmail.net
ISBN · 979-11-5860-640-4(03810)

본 시집의 구성 및 맞춤법, 띄어쓰기는 작가의 의도에 따랐습니다.

이 도서의 국립중앙도서관 출판시도서목록(CIP)은 서지정보유통지원시스템 홈페이지(http://seoji.nl.go.kr)와 국가자료공동목록시스템(http://www.nl.go.kr/kolisnet)에서 이용하실 수 있습니다.(CIP제어번호: CIP2019013199)

슬퍼도 숨지 마

시인의 말

시인의 시 이야기

봄날에 파릇한 이파리로 왔어요
슬퍼서 내리는 빗물에 젖어도
그늘에 숨어 빛 외면하지 않아요

이파리가 푸르러 살아 있어야 꽃들은
아름답고 향기롭게 피어 노래를 할 수 있어요

사계의 언덕에 서서 계절 맞으며
하얀 그리움을 스치는 바람에 실려 보내요

나뭇잎 이제 마지막 계절을 맞이해요
갈 때는 슬픔이 아니라 또 다른 시작인 것이고
단풍으로 화려하고 아름답게 고와져
마지막 산화해 날려가요

단풍잎 초연해서 허공을 나는
저 찬란한 자유의 몸짓 춤사위를 보게요

차례

제1부. 슬퍼도 숨지 마

제2부. 하얀 그리움

제3부. 나무 이야기

제4부. 꽃들의 합창

제5부. 사계의 언덕에 서서

제1부. 슬퍼도 숨지 마

축제

슬퍼도 숨지 마

거울 속에 나타난 나의 얼굴이 서글퍼
표정의 낯설음이라 해도
외면하지 마
밀어내지 마

슬픔의 눈물 보는 이 없는
홀로서 삭이는 공간의
빛살 죽은 외진 골방서
이젠 박차고 나와 봐

문밖의 세상엔
눈부신 햇살 아래
푸르른 나무, 아름다운 꽃
지저귀는 새, 뛰노는 길고양이의
함께 나눌 친구들로
가득 차 있어

내가 먼저 다가가는
그가 먼저 다가가는
내가 먼저 사랑하는
그가 먼저 사랑하는

함께의 세상에 나와서
슬퍼도 숨지 마

홀로 날지 마

저 높은 하늘
저 넓은 바다
홀로 날긴 외로워
홀로 날지 마

이 세상
별빛만큼 사람도 많은데
함께 할
사랑 없을까?

자신의 몸 꽁꽁 묶어
스스로 고립되어
적막의 허공에
홀로 날아오르려 하지만

눈을 뜨고
세상을 다시 보면
아름다운 세상에
고운 사람들 꽤 많아

이젠 나의 손 내밀고

누군가의 건네는 손 잡아줘
그의 따스한 손길이
아픈 나의 가슴을 보듬어 와
나의 행복한 손길이
외로운 그의 가슴을 채워줘

세찬 바람이 불어와도
서로 함께하면
이겨낼 수 있어
행복을 꿈꾸는 미지를 향해
함께 날아오를 수 있어

설새

겨울에 달려간 바다

떠나간 바다 새가
미래의 새가 되어 날아 왔으리라는
그리움을 안고
꿈꾸던 바다에 달려가 보았네

하지만 바다 끝에도
파도 위에도
모래밭 백사장에도
새들은 죽어 날아오지 않았네

바다는 말이 없이 진실하지만
얼어붙은 모래밭에 진실은 묻히고
눈물마저 마르게 하고 말았지

이제 들리는 건
파도를 타고 오는
죽어서 날아오지 못하는
새들의 울음뿐이었네

님에게 올리오니

향로 속 향불 되어
사루는 이 몸
알알이 영롱한
보석으로 빛나서
임에게 올리오니

가여이 살피시어
어둠가 물길 위서
헤매이는
나에게
한줄기 빛 부어 주소서

해오름

높게더기를 지나
덤부렁듬쑥을 헤쳐서
힘겨이 노루막이에 올라
박새바람이 부는
츠렁바위 위에 섰네

고즈넉한 시밝에
새녘쪽 아라에서
햇귀가 아름답게 피더니
일출이 솟았네

붉은 아람 같이
나와서
함초롬하게
솟아오르는
해오름을 다솜스럽게
품어 맞으리

*높게더기: 고원의 평평한 땅

*덤부렁듬쑥: 수풀이 우거져 그윽한 모양

*노루막이: 더는 갈 데 없는 산의 막다른 꼭대기

*시밝: 새벽

*아라: 바다

*햇귀: 해가 처음 솟을 때의 빛

*아람: 가을 햇살속에 탐스럽게 익어 저절로 벌어진 과실

*함초롬하게: 젖거나 서려있는 모습이 가지런하고 차분하게

*다솜스럽게: 사랑스럽게

촛불을 켜고

오늘 밤 나
어둔 밤길을 홀로 돌아올
그대를 맞아
마중의 촛불을 켭니다

어제 밤도 난
밤하늘 별빛 바라보며
그대를 기다려
마음속 촛불을 태웠습니다

비 내리다
눈 내리는 날까지
밤마다 이런 기다림으로
그대가 오길
염원의 촛불을 태웠습니다

눈이 오는 날
드디어 촛불을 들고
눈길 따라 걸어서
눈처럼 소복소복 쌓여서
그대 곁에 갈 겁니다

산사의 눈물

설움이 있을 땐 참지 마오
그럴 때면 산사로 달려 가
구름 걸친 곳 아래서
참았던 눈물 비
마른 풀잎에 뿌리어 보오

슬픈 목어 떼 산으로 올라와
산사의 범종소리 울리면
꼬리를 흔들어 춤을 추고
외로운 극락조 산으로 내려와
산사의 북소리 울리면
날개깃을 쳐 노래를 부르오

그대 가슴 눈물 가득 고일 때
그대로 담아
산사로 달려와 마음의 둑을 터서
기뻐 춤추고 노래할 때까지
눈물 비 뿌려나 보오

저문 달

낮에는 금빛
밤에는 은빛 옷에 빛나서
산자락 넘어 가는
고운 님
구름에 환한 얼굴 가리고
숨어 단장했다가
밝은 미소로 나타나 보여 오는
우리 님
이제는 어디쯤 가고 있을까?
내 영혼에
님 그림자 진하게 드리우고
내 맘 심연 깊은 곳
내려 와
찰랑 찰랑 일렁이다가
물결의 파문 밟고
가시는 님

삶

삶이
고독할 때라도
외로움을 털고서
허공 속 무한한 공허에서도
사랑의 님
부를 겁니다

삶이
아파 올 때라도
아픔 털고서
연못 속 어두운 진흙 밭에서도
사랑하는 님
찾아갈 겁니다

삶이
괴로움이라도
고통을 털고서
겨울날 시려운 광야에서도
사랑하는 님
기다릴 겁니다

설화 속 목련

여백의 여유

인사동 골동품 거리
도자기 한 점의 백자
하얀 여백이
채움의 여유로 끝없는
지평을 엽니다

검은 붓 한 획이
봄기운 실어
춘란 잎 파릇하게 살리고
붉은 붓 한 점이
매화꽃 향기롭게 피워내
여백의 아름다움 채워옵니다

매서운 겨울바람이
이파리 하나까지 떠나게 하고
거리의 가로수 쓸쓸히
시리어 움츠리지만
아직 여백의 여유가
새 생명의 봄으로
채워옵니다

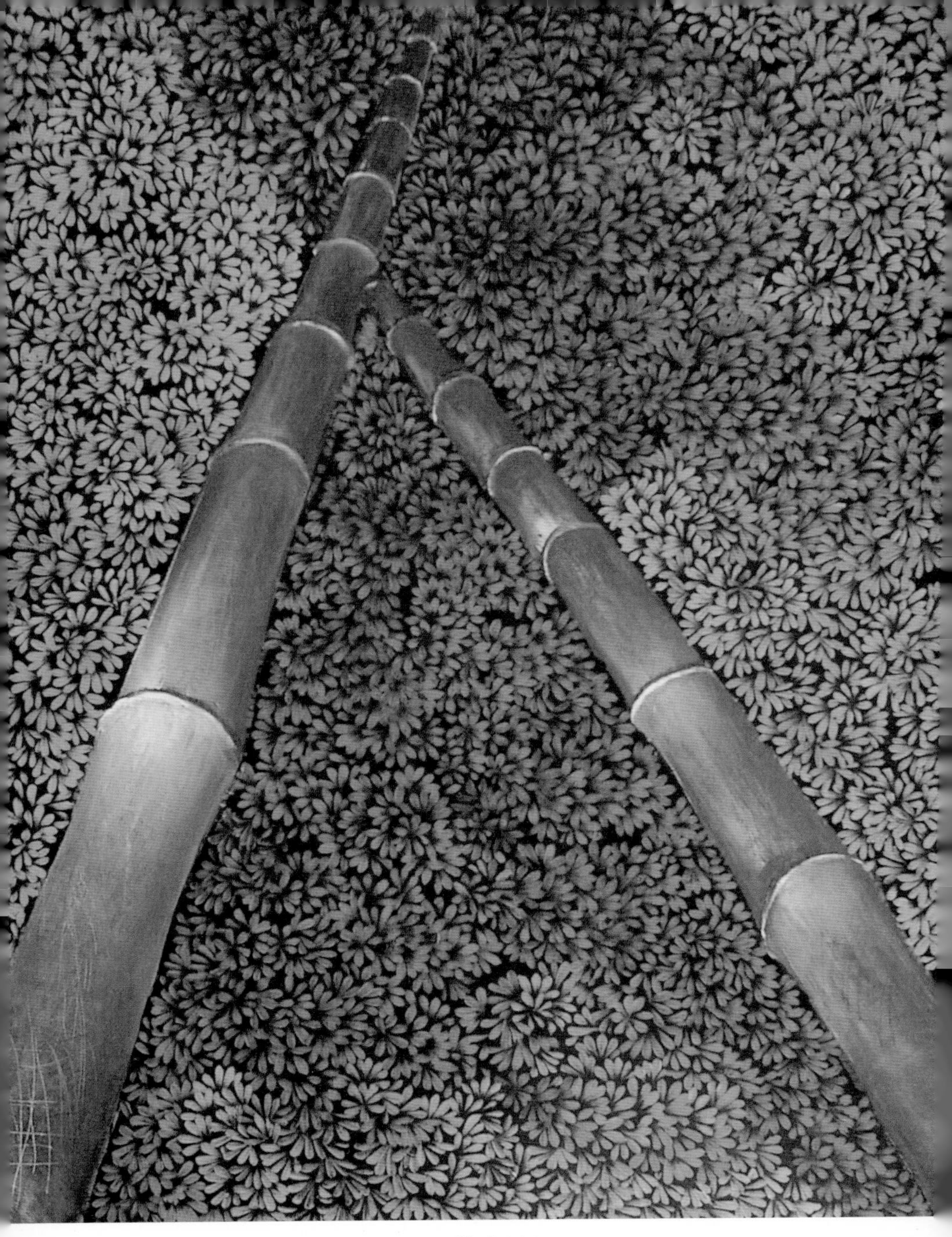

생기(生氣)

그대여 푸름을 꿈꾸세

그대여
찬란한 푸름만을 꿈꾸게여

푸르른 날의
기억도 희미해지는
한겨울 얼어붙음이라도
눈부신 푸르른 날을 꿈꾸게여

나뭇가지마다 눈 쌓여
시리움이라도
이파리 피는 자리
여전히 물오름인데
푸르른 봄 아니올까?

그대여
쓸쓸한 고독의 계절에
움츠린 아픔 걷고
열정의 푸른 날을 맞이하게여
그리고
가슴엔 그리움을 가득 담게여

어머니

가신 지 언제였나요?
하지만
하늘의 별빛
어둠의 달빛
마음의 등불 같이
내 곁에 항상 계신 어머니

그렇게 어머니 계심은
어제도
오늘도 내일도
어느 때나 늘
그대로
한결 같았습니다

하늘 밝은 데 바라보면
달 뜬 데에도
하늘 반짝이는 데 바라보면
별빛 있는 데에도
하늘 멀리 은하수에도
그 어디든 항상
변함없이 계시지만

어둠에 눈이 가려
구름에 맘이 가려
뵈옵지 못하다가

추석쯤
달빛에 내 눈 밝고
달밤에 내 맘 맑아
이제야 또렷이 뵈어
맞는 어머니

옥색 고운 한복 치마소리로
반기어 맞는

어머니의 환한 미소가
달 속에 보여 옵니다

슬픔이라도 웃어 봐요

주체 할 수 없는 슬픔에
눈물방울 폭포같이 쏟고 싶을 때
마음을 따스한 온기로 채워 봐요

길 잃은 배고픈 비둘기에게
모이를 뿌려 주고
집 없는 주린 노숙자에게
동전이라도 보태주어
온정의 푸근함을 나누면
봄빛처럼 따스하게
슬픔의 문살 틈으로
희망의 햇살이 들어와요

가슴이 열리는 진실한 웃음은
세상 어떤 아픔도 다 녹여 와요
마음속에 커 자라나는
슬픔, 고통, 외로움의 그 모두
미소의 묘약으로 사라져 가요

세상에 혼자인 것 아무것도 없어요
하늘엔 별과 달이 있고 구름도 있어요

바다엔 갈매기와 등대가 있고 배도 있어요

내 속엔
내 영혼의 여유로운 미소가 있고
내 곁엔
함께 나눠 살만한
훈향의 꽃들이
친구처럼 함께 해요

마음의 빛

눈으로 볼 수 없는
그 무엇도
밝은 마음의 빛으로는
분명히 볼 수 있습니다

밝은 빛이 태양에서만
뿜어나는 게 아니고
마음에서 솟아나는 빛은
밝힐 수 없는 그 어떤 어둠과
등진 그늘도 환히 밝혀줍니다

한겨울의 차가움이라도
마음속에 따스한 온기로
품어 오는 자비의 빛은
얼어붙은 그 무엇도
훈훈히 녹여서 옵니다

마음의 빛이 있는 곳에
뿌리를 적시는 단물이 흐르고
세상을 아름답게 꽃을 피운
향기로 세상을 맑게 합니다

마음 한 생각

마음은 생각의 밭입니다
한 생각 일어나 종자를 뿌리면
잡초가 무성하게 자라납니다

끌림의 유혹 없이
한 생각 순간에 끊으면
마음은 꽃밭 되어
향기로운 꽃이 핍니다

한 생각 순간 과거에 머물고
지금 이 한 생각이
순간에 현재가 아닙니다
오지 않은 미래의 생각
또한 없습니다

잡초의 종자 모두 거두고
스스로 있는 꽃의 종자
바로 싹 틔워
한 송이의 꽃 피울 겁니다

내 마음의 바닷가

슬픈 어느 날의 바닷가에선
파도는 흰 거품을 토하며 울고
바람은 긴 눈썹을 쓸어 울고
갈매기는 푸른 바다를 날며
울었습니다

상한 몸보다 더 아렸던
부서지는 파도 같은
아픔이 나를 무너지게
함이었습니다

하지만 마음속 바다가
슬픔으로 내 마음에 갇히면 호수이고
희망으로 내 마음에 열리면 우주입니다

아무리 내 삶의 아픔이라도
슬픔 속에 갇힌
우울한 호수보다
호수의 둑을 터서
나아가야 할 우주를
바다에서 찾습니다

이제 마음의 바다 고루어
흔들림 없는 물결 속에
일어나는 마음의 파도 평정하고
아침 해를 돋아 올려
꿈을 찾아 다시
우주로 떠나는 것입니다

봄

가는 날

가는 날 멀다 하지 마오
긴 밤 하루
꿈꾸며 새는 밤에
가는 날이
나도 몰래 가는
날이라오

하루 같이 가는 날들에
아쉽다고
아니 갈 수 없는 길
설움 끝에 뒤돌아 봐도
가는 해가 기우는 날
어찌 할 수 없다오

영원의 시간에
어느 순간이
오고 가는 날이었던가?
돌고 도는 날들에
돌고 돌아가는 길이
하루 끝마다
나도 몰래
왔다 가는 날이라오

연등

눈을 떠 보세요
동산의 꽃밭에 꽃들이 피어 와요
동산의 연못에 연꽃이 밝아 와요
어둠에서 밝아진 눈이 어제 같지 않아요

제2부. 하얀 그리움

사랑

눈물 같은 정을 주리

나와 그대 보건데
빈손의 알몸으로 와서
갈 때도
티끌 하나 없는
빈손으로 가는데

스쳐 지나간 사람은
얼마나 많았던가?
헤아려 보건데 셀 수도 없지만
소중하지 않은 인연 없었네

이제 가을의 길목에 돌아와
떠올리건데
사랑 있던 사람
미움 있던 사람
고마움 있던 사람
그 모두 그리움이네

이제
바램 없이 무상으로 가는
눈물의 정겨움이

그 모두에 흘러
봄꽃 같이 사랑의 꽃 피움이네

정이 흘러서 가는 곳마다
나의 마음이고
나의 벗이고
나의 애인 아닌 님 없었네

사랑-II

뜨거운 인연

네 영혼의 맑음에
네 입술의 붉음에
네 깊은 영혼을
싣노라

뜨거운 입맞춤이
네 뜨거운
생명의 불꽃으로
타오르리라

태풍을 몰고 오는
파도가
너의 가슴을
밀쳐내도
태산만 같아라

내 사랑 님

내 사랑 님은
밤하늘 화려하게 반짝이는
저녁별이기보다는
구름 하늘 뒤에 머물다
새 아침을 안고 오는
새벽별입니다

내 사랑 님은
밝음이 차서 지는
보름달이기보다는
밝음으로 차오르는
쪽달입니다

내 사랑 님은
나뭇가지 흔들어 깨우는
샛바람이기보다는
들판을 보듬어 다독이는
들바람입니다

내 사랑 님은
흙밭 아무데나 피는

꽃이기보다는
뻘 속 진흙탕에서 깨끗이 피는
연꽃입니다

내 사랑 님은
큰 데로만 바라보고 흐르는
강물이기보다는
억새 아픔 물새 울음
보듬어 흐르는
시냇물입니다

그대와 함께

그대 아픔 있을 때
이 내민 손 잡아주오

기쁨과 슬픔은 멈출 날 없어
항상 그대 함께 해
나눔이거늘
온정의 손길로 그리움 깊게 하오

그대 닫힌 문 활짝 열어
마음을 받아 주오

그대 맘 문 열어
화사한 봄바람의 따스한 시선으로
다가선다면
하나의 빛이 되어
그 어떤 괴로움과 고통도
함께 녹여 가리오

사랑 1

사랑은 동산 너머의 무지개
가까운 듯 먼 듯
잡힐 듯 말 듯
쉬이 잡을 수 없는 아름다움

화려함에 가린
묻힌 상처의 아픔 보듬고
속살에서 피어나는
핑크빛 꽃잎

사랑은 주기 위해 다가서는 빛이며
채우기보다 비어 내는 빛으로
서로 헤아려 피어나는 꽃

사랑 2

꽃잎 필 때면
이슬에 빛나 이파리 떨려오고

바람이 불 때면
바람 속에 숨어 꽃송이 노래하고

빗물이 내릴 때면
빗물에 젖어 꽃송이 눈물 흘리며

어느 뉘 만나서 행복하였고
언제 뉘 아픔에 꽃이 우는가?

그리움 짙게 물든 날
사랑의 꽃빛으로
마음은 곱게 물들어 가네

사랑 3

보이는 꽃잎만 눈으로 곱다 말고
마음으로 은은한 향기를 느껴 봐요
그런 후에나 진실의 사랑으로 가세요

그리고 못 견디게 좋아질 땐
꽃잎의 탐욕으로 억압 말고
영혼의 향기로 닮아 가세요

궁극 사랑으로 돌아와 있을 땐
절로 절로 맘이 맑고 눈은 밝아서
그제야 꽃잎 속 맑고 고움 볼 수 있어요

헤어진 사랑

사랑 4

돌아나는 그리움 커서
가슴 조일 때
지친 새의
초록빛 여행길이었습니다

이별을 위한 기도

그대 실은 밤배는
어둠속 멀리 사라집니다

돌아올 수 없는
강 건너로
물새 슬피 울어
뱃길을 엽니다

등돌림의 아픔이라 하여도
운명의 필연적 선택이라도
마음엔 초원을 펼쳐
축복의 촛불을 켭니다

잘 가라고
무명천 펼쳐 길 닦아
등불 들어 길 밝혀 들고
물새 뱃머리
길을 엽니다

지난 아름다운 날들
보자기 고이 싸서

희망을 뿌리고
행복을 불러서
시인은 기도합니다

가시는 길

가실 때는 갈지언정
돌아서 한 번만 보고나 가오
오던 길 고만인데
가는 길 험하오리까?
기왕에 가시는 길
두견주 한잔 취하고나 가오

홀로 걸어가시는 길
저 구비 돌아갈 때는
구름비 드리워 목멘 하늘이
발목 잡을 테고
아픔 안고 가시는 길
저 고개 넘어갈 때는
눈물비 뿌리어 피인 안개꽃이
외길 막아서리오

그래도
정녕 가야 할
운명이라면
이 마음 초롱이나 들고서
어두운 가시밭길
밝히어 가오

그대 내 곁에

바람 차갑게 부는 날
기댈 곳 없는 아픈 나에게
그대는 봄볕으로 다가와
따스한 온기로 날 안아 줬어요

그대 늘 내 곁에 머물면
마음 뜨거워져
얼었던 가슴 녹여와
아픔 다 털어 내고
자유의 날개를 얻어요

이젠 그대 외롭고
아픔 있을 땐
내 먼저 달려 가
사랑의 열정으로 그대를 품어
함께 나는 새가 되어
하늘 어디든 가리요

언젠가 그대가 와 주시면

언젠가 그대가 와 주시면
내 마음 변함없이 기다리오리다

지금도 그대가 싫어한다면
내 마음 절망 없이 돌아가오리다

그래도 그대가 미워한다면
돌아올 그대를 기다리오리다

언젠가 내 마음 알아준다면
내 마음 기쁨으로 다가가리다

잊어 맘

우주 먼 낯선 곳에
외로이 떠돌던 맘
이제 안정했는데
봄꽃 찾아 나비가
어쩌다 다시 날아 왔나요?

그 동안 떠나 멀어진 당신
잊어 맘 깨끗이 지워졌는데
밤마다 별빛으로 쏟아져
꿈결 속에 오나요?

만날 일 다시 없이
사무친 맘 아는
앞산 뒷산 뻐꾸기가
뻐국뻐국 울어
잊어 맘 하라네요

새벽 별 속에 그대 그리움

그대 그리움
다 못 거두고
초롱한 눈망울로
새벽까지 밝히다
그대 그리움만 더해서
이른 새벽
사라져가야 하는
운명의 아픔이구나

하얀 그리움

백목련꽃
그리움 있는 곳에서부터
참을 수 없어 피어올 때
꽃잎 열리는 소리에 님 소식도 들릴까?
기다림에 백목련 하얀 그리움으로
밤새워 피움입니다

한밤 내내 사르륵 사르륵
꽃잎 열리어
그리움 하얗게 피어 오면
꽃잎마다 잎새마다
어느새 눈물 같은
새벽이슬이 맺혀 옵니다

어느 날 당신의 숨결이
그리움 하얀 내게
봄바람으로 다가서 올 땐
마음의 창 활짝 열어
파아란 당신을 맞이할 겁니다

장미와 여인

그리움

그 모습
거룩함이 커
밤새도록 다시 또
그리움입니다

그 얼굴
미소가 편안해
꿈속에서 다시 또
그리움입니다

그 뜻
혜안이 밝아
어둔 날에 다시 또
그리움입니다

제3부. 나무 이야기

숲

단풍 드는 날

가야만 할 때
그리고 놓아야 할 때가
계절 끝 언제인지
분명히 아는
단풍은 스스로의 몸에
불을 지펴요

그 모두
정해진 운명의 예약이어서
미련 없이
아쉬움 없이
불을 지펴 타 올라요

절정과 종착은
영원의 또 다른 시작이었고
잿 무덤 같은 낙엽 위에서
보석 하나가
이슬로 반짝였어요

단풍 1

늙고 지쳐 누울 때
피는 꽃이
그리도 말간가요?

어둠 끝 저 멀리
풀벌레 아직도 울고 있는데

붉고 고운 세계로
피어나는
구름 꽃 속
가을이 밝아서 와요

단풍 2

죽고 싶을 만큼
사무치게 보고 싶어서
단풍으로 물들은 사랑
이산 저산
이맘 그맘
열정 붉어
타오릅니다

단풍 3

스스로 금빛 빛나는
황금빛 불상이 되어
영겁의 옷자락을 날리는
은행나무 단풍
용문사 앞 우뚝 서서
산나무 들나무
그리고
뭇 초목을 아우르네

봄 향기

단풍 4

푸르디 탱탱한
파란 날 지나고

시한부 짧은
단풍잎의 생명이라
서럽게 슬픈 빛이
고와서 짙어라

그 무엇의 미련이라도
이젠
마지막 이파리까지 놓아야만
영혼의 찬란한 자유를 얻음이어라

적멸의 고요 속에
숨 멎어 떨어지는
저 단풍잎
무념무상에
영원의 깨어남이어라

단풍나무 곁에서

좋아하는 이
그리움 더 간절해질 때
단풍나무 이파리에
편지를 씁니다

그리움의 언어
단풍처럼 곱지 않아도
그저 단풍나무 잎에 쓰면
편지도 아름다울 겁니다

단풍잎 하나 하나
편지를 써서
사람들 하나 하나
그리움을 전하면
마음도 마냥 고와질 겁니다

별빛 따라 떠나가는
단풍잎의 여행 편에
편지가 전해지면
그리움이 있는
세상 사람들 모두가

마음이 마냥 사랑으로
물들 겁니다

설악산 단풍

미워서 미쳐버릴 사람과
함께 와 보오

좋아서 미쳐버릴 사람과
함께 와 보오

단풍은 시시한 그 모두를
불태우고
고운 빛으로 앉아 있다오

단풍의 사랑

사랑앓이에
꽃물결로 흘러
산으로 들로
그리움 찾아 흘러 헤매도

타는 가슴의 불길은
재울 수 없어
석양에 토해내다가
다시 붉어진 노을에
그리움 더 붉어져서

타다 타다가
마지막 마음 한 잎까지 태워
간절함 다 고할 때
어느새 그리움도
곁에 와 있었습니다

단풍 이야기 1

나무의 그리움을
단풍에 담아냅니다

봄부터 여름내 사무쳐 왔던
그리움 모두
수많은 잎 잎에 타는 열정의
진 붉은 불빛으로 태워냅니다

꽃으로 만난 봄날은 짧았고
푸름으로 살았던 여름은 아쉬움인데
사랑이 짧은 가을날에 이별인가요?

단풍잎 한 몸 떨쳐
허공에 몸을 날리어
그리움 찾아 마지막
여행을 떠납니다

단풍 이야기 2

단풍은 한평생 살다가
늙어 갈 때가
아름다운 것인가요?

여름의 긴 젊은 날에
비바람 무더위의 시련 속에서
아름다운 이 순간을 위해
그리도 힘들게 버텨왔음인가요?

열정의 젊은 날보다
쓸쓸한 늙은 날에
더 찬란하고
더 화려한
죽음의 준비인가요?

사랑

단풍 이야기 3

간다는 것은
고운 옷 하나 걸쳤다가
벗어 내리는 것입니다

숨 막히게 무더움의 힘든 날에도
그것이 생이었기에
희망을 꿈꾸며 살았습니다

비바람 부는 시련의 부대낌에도
더 푸르게 짙어갈 뿐
흔들림도 좌절도 없었습니다

어느새 언덕 위에도 스산한 바람이 불고
서릿발 얼음 얼 때 이르러
가지에 매달린 고단함보다
화려함의 계절에 다다름이었습니다

초록 옷을 입고 올 때도
색동옷을 벗고 갈 때도
아름다운 생의 발자국
뿐이었습니다

단풍의 노래

사랑도 불이 붙으면
저렇게 붉게 타오르리라

숨 죽여 그리워 해왔던
사랑이 감처럼 익을 때
피할 수 없는
애정의 불길에
몸도 마음도 타오르리라

이미 열정으로 불붙은 불길의 산
사랑은 이미
붉디 붉은
선홍의 빛으로 타오르리라

단풍 곱게 물들면

단풍 곱게 물들면
그리운 님 마음도 그러려니
오시는 님 기다리며
날마다
붉음 짙게 더 익어가리

단풍 곱게 물들면
그리는 님 마음도 그러려니
설레임의 기다림에
날마다
황금빛 눈부시게 더 물들어 가리

단풍 곱게 물들면
그리운 님
그리는 님
마음 곱게 물들어
단풍잎 떨어지고 난 후에도
물든 마음
변함없으리

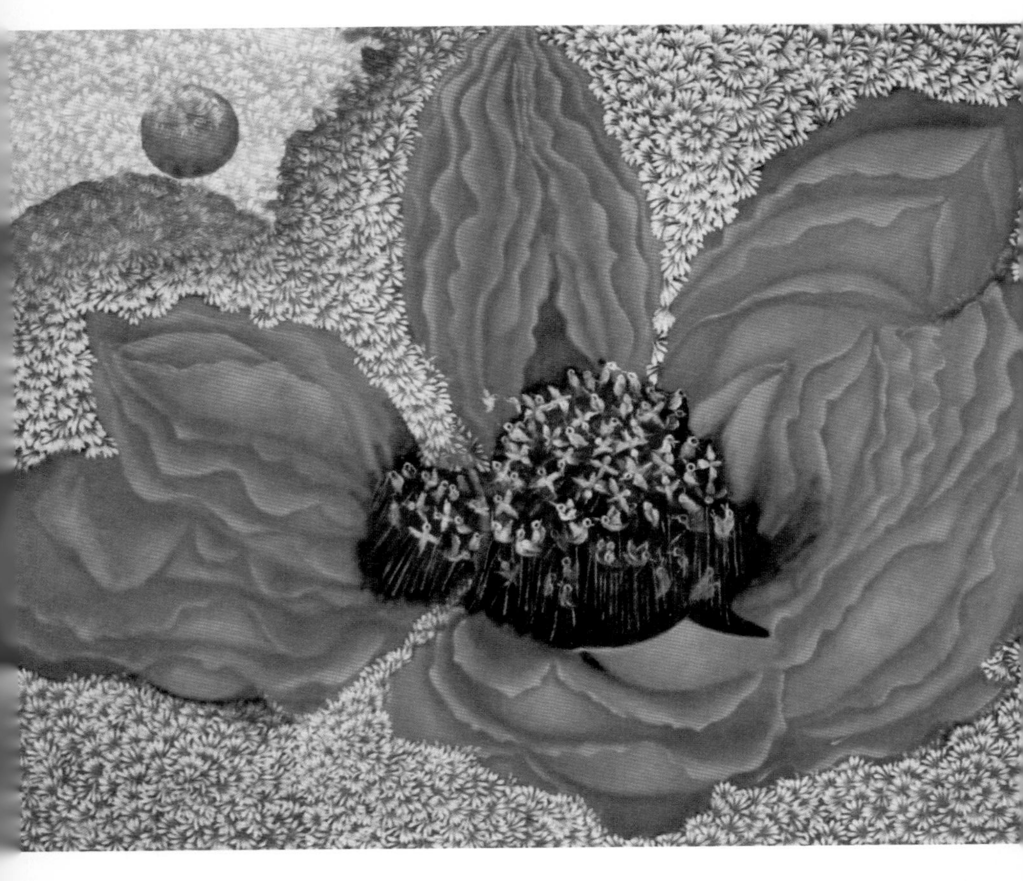

강산

단풍의 고해

한 몸 불태움의
소신의 공양으로
저리 어둔 세상
불 밝히리오

*소신공양(燒身供養): 자기 몸을 태워 부처 앞에 바침(불교용어)

제4부. 꽃들의 합창

부부

꽃 질 때

바람은 미안해
살며시
꽃잎 곁에 다가갔어요

하지만
꽃잎은 나 꽃이 지면
울 거냐고
바람에게 말했어요

바람은 빗방울 불러와
뚝뚝뚝
눈물로 답했어요

꽃 피우는 꿈

가는 길 힘겨워서
꽃 피우는 꿈
이젠 아예 잊었나요?

해가 얼마 갔다고
서산에 해가 아직 많은데

가는 길 재촉하여
꽃 피우는 꿈
이젠 아예 버렸나요?

달이 얼마 갔다고
반달이 찰날 아직 많은데

넘는 길 채근하여
꽃 피우는 꿈
이젠 아예 잊었나요?

겨울에 피는 꽃

겨울에 피는 꽃
갈기갈기 심장까지
얼어붙어
차라리 뜨거워서
피는 꽃이
향기 맑고 꽃색 찬란하여라

눈꽃 눈부시게 아름답지만
얼어서 핀다는 게
얼마나 큰 진통일까?
미소하는 눈꽃 바라보며
가슴속 아픔을 쏟아냅니다

찔레꽃

울타리에 핀
찔레꽃
비바람 홀로 맞아 핀
고운 얼굴에
환한 미소가
그리운 님의 모습입니다

보고 싶어
눈 감으면
님의 전령인 나비만
나폴나폴 날아 와
춤을 춥니다

그리운 님
언제나 볼 수 있을까?
꽃잎 질 날 가까워
꽃 더 붉어서
그리움에 목이 말라합니다

가시나무

내 맘 안에
나도 몰래 가시나무 자라나
가시 바늘 돋았으니
내가 좋아 날아 온
새에게도
나를 반겨 흔드는
강아지에게도
나도 모르게
아픈 상처 주었으리라

나 몰래 키운 가시
나도 찔리고
언젠가
쓸쓸해지는 날엔
오는 이
반기는 이 없이
홀로 되어서
고독하게 숨어서 살리라

바람에 맘을 맡겨
가는 데로 흘러가고

오는 데로 흘러오며
네 아픔도 내 것이고
네 기쁨도 내 것이니
자존 다 내리어
함께 나눠 살리라

두견화

아주 가는 길 돌아서려니
두견새 슳어 피를 토하고
물들여 핀 진달래꽃길
북뫼십리

걸음 멈추고 돌아보니
이슬 비 안개 속에
깃털 젖어 우는 두견이
희미한 채
소리가 더 크게 가슴을 후벼

이렇게 쉬이 이별일 줄 알았다면
님의 곁에 지켜서
이별의 준비라도 했으련마는
한마디 말도 없이 헤어짐이라
아쉬운 마음 비꽃에 젖고

설움에 찬 달빛이
가는 길을 처연히 밝히고
고개 마루 넘을 때마다
접동새 울어 막아

사랑 두고
떠나는 이
어찌 이 날 잊으리까?

날이 밝은 아직도
귀촉도는
설워 불설워
목 터져 피를 토해내
영취산 온통 질붉도록
물들이는 진달래꽃
봄날의 그리움 더해가리

*슳다: '슬퍼하다'라는 뜻의 고어.

*비꽃: 비가 내리기 시작할 때 성기게 떨어지는 빗방울

야화(夜花)

패랭이꽃 1

박새바람 불어와
여름에 온 꽃님들 모두 질 때
키 작은 꽃
남 몰래
풀숲 헤쳐 일어나
곱게도 단장했어요

모두들 돌아갈 때
져야함에도
그리 할 수 없는
그리움 있어서
들풀 고개 숙인 풀숲에서
홀로 피어 외로와요

그리운 님 아직 먼데
세월은 쉬이 가고
이파리 바래어 가는
날들에
슬픔이라도
그대로 꽃은 피어
언젠가 그리움 맞이 하리요

패랭이꽃 2

뒷뜰에서 만나
앞뜰서 헤어질 때
이별의 언약 남기며
피어난 한 점의 문양

그 문양 찍어다가
떠나는 님
품에 안기어
변치 말라며
꽃으로 피어난
패랭이꽃

패랭이꽃 3

여름 하늘 익어
노을 붉어 타오를 때
계절 내내
그리움의 꽃으로
피어와요

꽃잎 더 붉어서
별빛 밤새 바라보다
새벽에야 피어서
그리움의 눈물로
꽃잎에 이슬이 맺혀 와요

짧은 밤
짧은 사랑
아쉬움의 새벽 종소리
아쉬움의 이별로
송이 꽃 떨어져요

패랭이꽃 4

가던 길
오던 길
풀잎 파란 데 따라가면
옹기종기
별꽃으로 피어서
한여름밤 별을 보며
지새우는
기다림 깊은 얼굴
맑고도 깨끗해서
새색시 얼굴 같아요

봉선화

이슬방울 떨치기 전
이른 아침
청초한 소녀의 손톱에
봉선화꽃 물들어 가는
팔월 여름밤이
무수 별빛 쏟아 내리며
깊어 갑니다

갈대꽃

여름 지나가면
가을에나 꽃이 피려
강가로 돌아와
갈대가 꽃을 피네

강가에 꽃 필 때면
갈대꽃이 좋아서
강가에 사는 철새
강으로 날아오네

강가에 꽃이 펴서
겨우내 살아서는
꽃이 질 땐 철새도
날아가네

사막의 꽃

사막에서 만난 당신이라는 꽃
모래밭의 거친 곳에서 피어
당신만의 아름다운 꽃으로
아름다운 꽃잎과 그윽한 꽃향기를
피우네요

모래 폭풍이 불 땐 꽃잎 떨고
불볕 태양이 찔 땐 목이 마르며
홀로 밤 울어 지새는 외로움에
떨구는 눈물방울이 응고 돼
차라리 가시로 돋아났나요?

불멸의 선인장 꽃 당신
이젠 꽃의 낙원 오아시스에 돌아와
평안의 기름진 세상서
새들과 풀벌레 노래를 들어요

산 벚꽃

바람 아직 시릴까?
봄문 살짝 열고
얼굴 내밀다
화사한 봄빛에 반하여 그만
꽃망울 밀고서 아예 피었어요

단장한 백옥 얼굴
매혹의 분홍 입술
그리고 봄비에 젖어
봉우리마저 열더니
새 노래 장단에
치맛자락 팔랑이며 나는 듯
춤을 춰요

며칠이 천년같이
짧지만 진하게
아름답게 머물다가
떠나가는
이날의 사랑
이날의 자유는 승화되어
꽃비로 산화되는 허공엔

은빛 찬란한 반짝임으로
출렁여 와요

열애(烈愛)

코스모스 꽃핀 길

여름 내내 거닐던
길가에서 어느새
무리지어 활짝 피어
가을 햇살에 눈부신
코스모스 꽃을 보네

개울가 뚝방 길가
풀섶을 헤집고 치켜 나와
고개 내밀고 꽃을 피워
산들 바람에
한들한들 춤추고 있네

춤추는 꽃송이는
총총히 연이어
수만 송이가 헤아릴 수 없이
많이도 피어
길 따라 꽃밭이네

개울물에 비친 코스모스에
흐르는 개울물도 춤추며 반짝이고
이 아름다움에

시인도 춤추는 가벼움이네

나 홀로 시름에 잠겨
거닐던 길이
아름다움의 기쁨과
반짝이는 환희의
꽃길로 춤추네

*풀섶: '풀숲(풀이 무성한 수풀)'의 방언

수련

연꽃 1

연꽃 한 송이 피움은
자유의 바람을 만나는 것입니다

연꽃 한 송이 더 피움은
밝음의 햇살을 만나는 것입니다

피운 연꽃 우러러
물새는 날개를 고이 접고
물결 속 투신의 소신공양으로
금시조가 되었습니다

연꽃 거룩해
물고기는 은비늘 고이 내려
물결 밖 투신의 소신보시로
묵어가 되었습니다

연꽃 필 땐
바람에 연잎은
자유의 춤을 추고
햇살에 연 바는 밝음의
눈을 떴습니다

연꽃 2

님께서 내리신 연화대
옥류봉에 올려놓고
밤마다 기도하여 연화를 염원하니
새벽녘 이른 아침 연꽃송이 필듯하다
숨어 핀 듯 아니 보여라

연잎은 피었으니
꽃씨 고이 들어서 있겠지만
꽃봉오리 힘겨이 나왔다가
요번엔 못 피고 질 듯하여
흘러간 한세월이 허무하여
빈 꽃대 시린 바람 들어라

시들어 잎 지고 떠나가도
아직 염원의 뜻 갖는 것은
요번에 못 폈어도 이다음엔 피우리라
굳은 신념의 의지 변치 않음이어라

진달래 1

가는 길 서러워도
미련 없이
뒤돌아보지 않고
진달래 핀
저 산만 보고 가리

가는 길 앞산에도
먼 산에도
진달래꽃 무더기로 피었으니
진달래만 보고 가리

가는 길
발길 무거워
주저앉지 말고서
진달래꽃
시려 보고
고개 너머 떠나가리

진달래 2

겨울의 먼 길 돌아
전령의 꽃으로
새봄의 문을 여는
진달래꽃

시샘의 꽃샘추위
흔들어 와도
돌아와 다시 피는
진달래꽃

시린 설산을
넘어올 땐
고독의 발자국 밟아
꽃잎 뿌려
예까지 왔음인가?

산 너머 꽃들을 불러
어서 오라
진붉은 열정 토하다가
뚝뚝
꽃송이 떨어져

봄날의 환생을 위해
온몸 던지리

진달래 3

어머니 넘어 가신
산자락 어디에
그리움 짙은 채
초연히 붉어 핀
진달래여

석양으로 물든
꽃구름 내려와
온 세상
꽃 눈물로 붉어질 때
진달래꽃 무덤에
소쩍새 날아와 울어라

그 뉘 쓰라린 마음
억누를 수 없이
어머니 꽃 무덤에 스러짐이고
진달래 꽃핀 산에
어머니 다홍치마 붉어라

진달래꽃

진한 사랑 붉게 익어
다발 꽃 아름 피어
이 가슴
흔들어 오는 당신
진홍으로 물들어 출렁거리네

봄날에 다시 돌아온
당신 볼 수 있음이
숨이 멎는
슬픔 끝 기쁨이었네

마음 출렁임이
이제는 격랑으로 밀려 와
다시는 떠날 수 없게
진한 사랑의 진달래꽃으로 피었네

연꽃

연꽃의 향기

한 마음이 향기를 부를 때
연잎이 돋아나 꽃이 피었습니다

진정 연꽃이 아름답다고 생각한다면
꽃빛만 보지 말고 꽃의 향기를 맡아 보세요

연꽃의 열반이란 무색으로
꽃색 모두를 내려놓음 입니다

적벽으로 막힌 어둔 뭍에서
길을 잃은 그 누구를 위해
깨끗하고 밝게 피어
연꽃의 등불로 밝히고 있습니다

진달래 4월에 피면

봄이면 산불을 지펴
진달래 빨갛게 타오릅니다

온산 다 지펴
산을 넘고
강을 건너다가

하늘 아래 모두에
제 몸까지 사루어
붉어서
물들어 옵니다

제5부. 사계의 언덕에 서서

적열

시인의 귀향

긴 어둠에 갇히었다가
이제야 헤쳐 나와 빛을 만나서
고움으로 빚어낸 백자에
영혼의 숨결을 담아
시어를 씁니다

바람결에 쓸려간 지난날과
봄결처럼 밀려오는 지금의
감추고픈 부끄러움까지도
밝은 빛에 투명하게 드러냅니다

부끄러운 날들의 울부짖음이 있었던가?
절규의 대숲밭에 선
시린 영혼이
시 노래로 스러진 마음을 위로합니다

어느 순백한 순례자의
오체투지 천릿길처럼
온몸 던지는 정성으로
시어는 잉태되어
연어가 돌아가는 길 따라

멀고 긴 마지막의 여행
떠날 것입니다

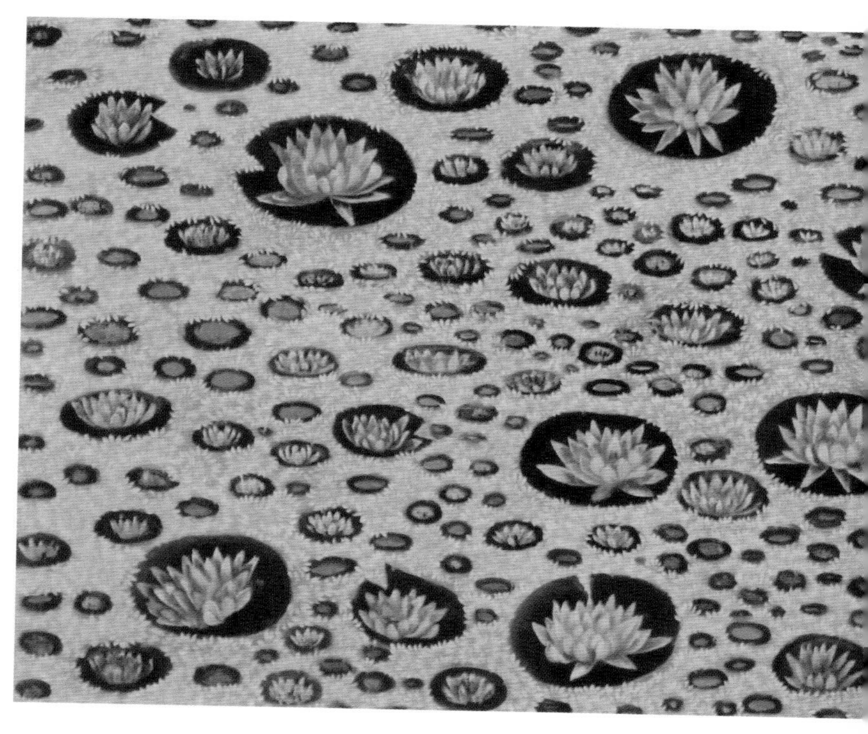

첫눈

오셨다가 가신 님이
다시 올 때는
처음 같은 설렘으로 마중할 겁니다

더구나
모든 게 떠나가고
허전할 즈음엔
님 생각 간절해
마중 더 나갈 겁니다

추위와 외로움에
방안에 꼭꼭 숨어
겨울밤을 지새울 때
님께서는 세상을
새하얗게 깨끗이
보듬어 오십니다

꽃송이 펄펄
꽃눈 뿌려
오셔서
잿빛 세상 아픔

모두 거두어
반짝이고는
눈물에 젖으며
떠나십니다

모정

비 1

빗소리 들리는 한밤
잠 못 이루는
내 맘엔
번민의 빗물로 젖어
촉촉해집니다

님을 향한
일심으로
내 영혼을 이 빗물로 씻어
말간한 채로
빗물 따라 흘러가고 싶습니다

*말간한: 산뜻하고 맑은

봄소식 1

다솜한 봄바람 아니올까?
꽃샘바람 애가타서
이날저날 설레여
기다리다 졸리는데

봄 햇살 부드러이
아지랑이 속에서
무지개 빛살로
다가옵니다

길목 모퉁이 돌아오는
봄바람 솔솔
생명들 긴 잠 깨워
생동의 초록옷 입고
봄나들이 나섭니다

*다솜한: '사랑스러운'을 뜻하는 순우리말

사랑

봄소식 2

담숙한 햇살이
흙속에 다가와 입맞춤하며
바람은 향기 그리워
담숙해집니다

노고지리 우짖음에
긴 겨울 꽃잠의
생명들이 깨어납니다

철새들
마녘 멀리
그리운 소식 품고서
쉬임 없이
희망의 날갯짓 하며 날아옵니다

*담숙한: '포근하고 푹신한'을 뜻하는 순 우리말
*마녘: '남쪽'을 뜻하는 순 우리말

비 2

빗물에 온몸이
젖고

그리움에 마음이
젖어

젖은 대로 그렇게
살아서 가시구려

목련의 4월

목련꽃이 피어
봄바람 향기로울 때
새들은 목련꽃 나무에 앉아
사월을 노래하네

꽃구름 뚫고
봄빛 내려와
돋아나 자란
초록의 풀잎을
흔들어 깨움이네

오! 목련꽃 핀 그리움의 사월은
먼 데 떠나간 친구
더 그리워
간절한 사랑의 마음으로
부르는 노래에
마음은 봄비로 젖어 오네

목련꽃 아름 안고
다시 온 사월의 봄날에
음지에 얼었던 생명에 빛이 들고

새생명의 탄생으로
환희와 기쁨을
꽃들은 합창하네

목련꽃 하얀 물결 일어나면
대지는 초록으로 물들어
이파리 짙어가는 사월에
기뻐 핀 목련의 향기
초원에 진해오네

물소리 새소리는
청아한 자연의 합주이고

목련꽃 아래서 쓴
사랑의 시 노래가
푸르른 꿈을 꾸는
뭇 가슴에 울려 오네

이제 떠나가는 이여!
목련꽃 떨어지는 호숫가로 달려가
목련꽃송이 배 띄워서

사계로 가는 세상으로
길고 먼 여행길 떠나게

호수 저 너머엔
별빛 내려와 가득 차 반짝이고
조각 달 숨어서 은밀히 떠가는
미지에 길 떠난 목련은
평안의 휴식을 하네

오! 사월
아름다운 꿈의
사월이 왔지만
목련이 지니
사월이 가네

봄비는 목련꽃 나무에 젖어 흐르고
봄비에 풀잎마다 이슬이 맺혀 구르면
무지개 뜬 하늘 저편
봄꽃이 밀려오네

봄이 오면

귓불에 봄바람 스쳐와
사랑의 이야기로
속삭여 오며
옷자락 흔드는 봄바람

대지를 휘감는 온기에
다시 날아온 철새
기쁨에
푸른 하늘 안겨 날아요

보리풀 먼저 푸르르고
봄비 내려 와
나비 두드려 깨워
춤추게 해요

콧노래 맑은 소리
나물 뜯는 봄처녀
흥겨운 노랫가락
물살 일어 흥겹고
일러 핀 동백꽃이
봄처녀 비단 머리에 꽂혀요

살결에 비비어 부드러운
봄풀이 사랑스러워
들길 걷고 또 걷다가
봄바람 실컷 입맞춤해요

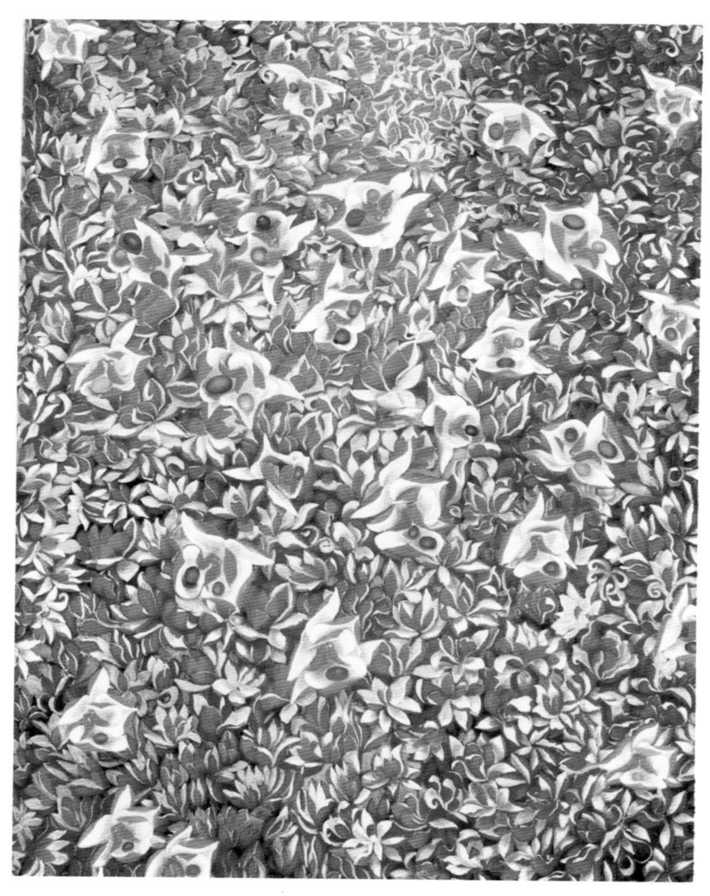

돌아온 세월호

엄마를 잃은 아이는
별빛도 없는 세상 밖 어둠속에서
한줌의 물을 움켜쥐고
울부짖어요

아이 잃은 엄마는
별빛 슬픈 하늘 아래서
별의 운명 다할 때까지
하늘을 볼 수 없었어요

몸에서 빠져 나간 넋이
아이 떠난 바닷속 떠돌다가
바닷물 검붉어 젖은 채로
아이의 마지막 처절한 환영을
가슴에 묻어요

푸른 물결이 춤추고
갈매기 노래로 부르는
환희의 바다였지만
이젠 아니어요

설레임 아이들 가득 태운 꽃배가
어둠의 절벽 아래 나락으로 떨어져요
무서워요, 어떻게 좀 해줘요
엄마 잃은 아이 울부짖어 외쳐도
엄마는 들을 수도 없었어요

물길 건너 제주에서
다정한 친구랑 손잡고
유채꽃 노랑의 꽃동산 가던 길에
이젠 길을 잃었어요

아이를 지켜 주던 마지막 불빛이
꺼져 가고 있어요
구해줄 어른들은 오지 않아요
마지막 한 송이까지
꽃배의 꽃이 지고 있어요
아! 이 모든
멀어져 간
아이들의 외침 통곡은 끊어졌어요

이제야 돌아와
아이들의 심장 피 체온의 흔적으로
검게 그을린 납골함 한척이
낯선 아픔으로 돌아와
검은 어둠속에 묻혀요

동해 두타산서 해맞이

바람꽃 피운 데에
꽃구름 마차를 타고
무릉계곡을 건너
갈매빛 꽃사슴 길
사이로 누리마루 올랐어라

동살에 마음 맑게 깨운 채로
청옥바위 위에 올라서서
동해 멀리 바라보노니

시나브로 밝아 해뜰참에
새녘 아라 위 마루로 솟아
햇귀 온누리에 찬연하게 피더니
용두가 붉고 맑은 여의주 물고
고개를 들어라

말간 해 붉음 더하더니
미리내 아람서 눈부신 빛
토해내는
함초롬한 해돋음이여

해 마루 아래
햇빛 닿는 데마다,
생명의 빛 뿌리어
찬 가슴
다솜하게도
온기로 품어 와라

*갈매빛: 검은 빛깔이 들 정도의 짙은 초록빛
*마루: 하늘
*시나브로: 모르는 사이 조금씩 조금씩
*해뜰참: 해가 뜰 무렵
*아라: 바다
*미리내: 은하수
*다솜: 사랑스러운
*누리마루: 산의 막다른 꼭대기
*새녘: 동쪽
*동살: 동쪽에서 밝아오는 빛

강강수월래

궁초 붉은 댕기 땋은 머리 나폴나폴
꽃나비가 나르리오

옥매산 꽃 핀 데로 은하 돌아오는 달이
아린 산천 보듬고서 밤 밝혀 오르려니

저 달을 가리켜서
들어 올린 하얀 손은 슬픔의 빛 날리고
고개 젖혀 보는 눈은 희망의 빛 받음이오

달빛 타고 흐르는 가릉빈가 고운 음에
풀벌레들 합창하고
새벽 별빛 내리는 산 나무 이파리에
이슬방울들 젖을 때

자주고름 휘날리어 옷깃을 쓸고
치맛자락 팔락여 달꽃을 피우는데

손잡아 둥글게 저고리 소매 이어
보름달 떠다 놓고
사뿐사뿐 나는 듯 도는 태가
너도 밝고 나도 밝은 강강수월래

*궁초: 비단 *가릉빈가: 아름다운 소리를 내는 상상의 새

해 설

–

한국적 전통성 추구와 이미지 변용의 시정(詩情)

강미경(시인)

열애

한국적 전통성 추구와 이미지 변용의 시정(詩情)

강미경(시인)

1. 들어가는 말

헤겔의 문학이론을 고찰해보면 문학예술의 아름다움은 어떤 예술 장르 보다 깊이 있고 오묘하다. 문학은 정서의 창조물이며 인간의 감정-정서를 가장 직접적으로 표현해내는 예술이기 때문이다. 문학의 여러 장르 중에서도 간결한 응축 언어로 인간의 정서를 예술로 형상화해 내는 일은 쉽지 않은 일이다. 그런데 조대연 시인의 시에서는 응축된 절제 속에서 시인의 정서가 위로와 미학으로 전해지는 것을 발견할 수 있었다. 간결한 언어로 전달되는 사유가 읽혀졌다. 문학의 본질이 진선미(眞善美)의 추구에 있다고 본다면, 『슬퍼도 숨지 마』 시집에 나타난 조 시인의 시는 그것들을 모두 담아내고 있다. 삶의 진실에 대한 갈구와 철학적 사유, 자세를 최대한 낮춘 몸짓으로 상대방에 대한 선한 배려와 보듬음의 정서, 아름다움을 갈구하는 서정적 자아의 시정(詩情)이 숭고하기까지 하다.

해설을 의뢰받고 시를 여러 번 통독하면서, 결 고운 비단을 보는 느낌이 들었다.

한편의 시 안에서 이미지를 대비시켜 시적 긴장을 이루는 솜씨, 관념어를 이미지로 폭력적 결합을 시켜내는 컨시트의 기법, 운율을 살려내어 음악성이 뛰어난 면, 순우리말을 살려내어 한국적인 전통성을 추구하려는 시인의 몸부림은 문학을 전공한 문학도 보다 문학에 내공이 깊다는 것을 알 수 있었다. 『슬퍼도 숨지 마』 시집에 나타난 독창성의 면면을 살펴보자.

2. 시편 들여다보기

가. 위로의 미학

요즘 문단의 시의 흐름을 보자. 초현실주의, 슈르레알리즘, 포스트모더니즘, 하이퍼시 등 다양한 시의 양상을 보인다. 독자들이 알아듣지 못하는 난해시를 쓰는 게 요즘 유행하는 시풍이다. 독자들과 불통(不通)하는 어려운 시를 쓰는 것이 시인만의 전유물인 것처럼 인식되고 있는 추세다. 그러나 조 시인의 시는 그렇지 않다. 누구나 읽고 이해하게 하는 이독성(易讀性, readablity)이 독자의 마음에 감동을 준다. 읽는 이의 마음을 움직인다. 조 시인의 시는 치유의 시라고 단언할 수 있다. 읽는 이에게 위안과 소망을 주기 때문이다. 다음 시를 읽어 보자.

거울 속에 나타난 나의 얼굴이 서글퍼
표정의 낯설음이라 해도
외면하지 마

밀어내지 마

슬픔의 눈물 보는 이 없는
홀로서 삭이는 공간의
빛살 죽은 외진 골방서
이젠 박차고 나와 봐

문밖의 세상엔
눈부신 햇살 아래
푸르른 나무, 아름다운 꽃
지저귀는 새, 뛰노는 길고양이의
함께 나눌 친구들로
가득 차 있어

내가 먼저 다가가는
그가 먼저 다가가는
내가 먼저 사랑하는
그가 먼저 사랑하는
함께 세상에 나와
슬퍼도 숨지 마

-「슬퍼도 숨지 마」 全文

서글프고 슬픔을 홀로 삭이는 외진 골방에 숨지 말라고 한다. 시인은 "눈부신 햇살, 푸르른 나무, 아름다운 꽃, 지저귀는 새, 뛰노는 길 고양이"까지도 슬픈 이들을 위로해 주는 친구라고 강조하고 있다. "내가 먼저 다가가는/그가 먼저 다가가는/내가 먼저 사랑하는/그가 먼저 사랑하는/” 따뜻하고 포근한 세상을 제시한다. 시인의 위로와 포용의 아랫목이다. 해서 시인은 “슬퍼도 숨지 말라”는 잠언을 제시한다. 실패와 좌절, 고통스러운 상황에서는 누구나 도망가고 싶은 게 인지상정이다. 따뜻한 시인의 언어는 슬픔에 처해있는 상대방을 어루만지며 달래고 있다. 슬픔을 당한 독자의 언 마음을 녹여주고 있다. 난해하지 않은 따뜻한 수사(修辭)에서부터 독자를 끌어안고 있다고 하겠다.

샤르트르[1]는 “이미 애초부터 타인은 지옥이다”라고 했다. 타인의 실패와 좌절과 고통을 뒤에서 비난하고 비웃기도 한다. 그래서 사람들은 타인이 보내는 공격에 대한 공포로부터 자신을 숨기는 것이다. 도피하고 싶은 것이다. 존재의 우울이다. 그래서 마음의 벽이 쌓이는 것이다. 그러나 조 시인은 “숨지 말라”고 위로한다. 사유의 언어를 지펴 슬픈 독자들을 바라보고 있다. 시인의 따뜻한 시선이 독자들의 마음을 녹여주고 있는 것이다. 다음 시도 감상해 보자.

-전략-

이젠 나의 손 내밀고
누군가의 건네는 손 잡아줘
그의 따스한 손길이

1 장폴 사르트르(Jean-Paul Charles Aymard Sartre, 1905년 6월 21일~1980년 4월 15일)는 프랑스 실존주의 철학자, 대표적인 실존주의 사상가이며 작가이다.

아픈 나의 가슴을 보듬어 와
나의 행복한 손길이
외로운 그의 가슴을 채워줘

세찬 바람이 불어와도
서로 함께하면
이겨 낼 수 있어
행복을 꿈꾸는 미지를 향해
함께 날아오를 수 있어

-「홀로 날지 마」 일부

"이젠 나의 손 내밀고/누군가의 건네는 손 잡아줘/그의 따스한 손길이/아픈 나의 가슴을 보듬어 와/나의 행복한 손길이/외로운 그의 가슴을 채워줘//세찬 바람이 불어와도/서로 함께하면/이겨 낼 수 있어" 누군가가 건네는 손을 잡아주고, 서로 함께하면 이겨 낼 수 있다는 희망과 위로와 용기를 주고 있다. 레비스트로스[2]가 말하는 "우리 모두 사이좋게 살아요"라는 화두를 떠오르게 하는 시다.

나. 관조의 미학

19C 프랑스의 시인이자 비평가였던 생트뵈브는 문학작품을 일컬어 '그 나무의 열매'라고 했다. 조대연 시인의 나무는 조용하고 차분한 관조의 눈, 관조의 영혼으로 고요

2 레비스트로스(벨기에 태생의 프랑스 인류학자, 1908년~2009년)는 남아메리카에서의 현지 조사를 마친 후, 친족 이론·사고 체계·신화 분석에 있어서 구조주의를 제창하여 인류학·문학·사상 분야에 큰 영향을 주었다.

하게 타인을 보듬고 있다. 다음 시를 읽어 보자.

빗물에 온몸이
젖고

그리움에 마음이
젖어

젖은 대로 그렇게
살아서 가시구려

-「비 2」 全文

"빗물에 온몸이/젖고//그리움에 마음이/젖어//젖은 대로 그렇게/살아서 가시구려" 길지 않은 짧은 시다. 맑고 쾌청한 날씨 보다 비가 오는 날에는 생활이 불편해진다. 우산을 써도 비에 옷이 젖기도 하고, 몸이 젖기도 한다. 유쾌하지 않은 상황이다. 그러나 조 시인은 젖은 대로, 불편한 대로, 고통스러운 대로 "그렇게 살아서 가시구려"라고 말한다. 사랑하는 사람을 떠나보낸 사랑과 정(情)의 부재(不在) 상황은 심리적인 만족감이 채워지지 않은 상황일 것이다. 불편한 대로 그리운 대로 고통을 안고 살아야 하는 인간의 한계상황을 받아들인 심리적인 달관을 보이는 시다. 위에서 말한 관조의 눈은 더 나아가 노자(老子)의 무위자연(無爲自然) 사상과도 맥이 닿는다고 하겠다. 무위자연은 아무 꾸밈없이, 존재하는 대로 그대로 수용하는 정신자세를 말한다. "빗물에 온몸이 젖은 대로" 어떤 외물에 얽매이지 않고 흐름에 맡기고자 하는 순성(順性)의 사유 철학은 노장사상(老莊思想)이 말하는 도(道)를 추구하는 것과 맥을 같이 한다고 할 수 있다. 이런 관조와 순성의 사유를 보이는 시를 다음 시에서도 감상해 보자.

미워서 미쳐버릴 사람과
함께 와 보오

좋아서 미쳐버릴 사람과
함께 와 보오

단풍은 시시한 그 모두를
불태우고
고운 빛으로 앉아 있다오

-「설악산 단풍」 全文

이 시에서 화자는 단풍이 "단풍은 시시한 그 모두를/불태우고/고운 빛으로 앉아 있다"고 했다. "미워서 미쳐버릴 사람"도 "좋아서 미쳐버릴 사람도/ 모두 불태우고" 고운 빛으로 앉아 있는 단풍은 곧 서정적 자아의 관조적인 사유와 순성의 도를 추구하는 동궤(同軌)에 있다고 하겠다. 위에서 살펴본 「비 2」와 「설악산 단풍」은 동양적인 정태적(情態的) 정관(情觀) 즉 동양적인 관조와 맥이 닿는 시라고 할 수 있다.

다. 카타르시스(Katharsis, 정서순화)의 시

시인이 시를 쓰는 목적이 무엇일까? 독자들이 시를 읽는 의도가 무엇일까? 문학의 목적은 카타르시스(정서순화)와 인간성 완성에 있다고 했다. "시를 왜 쓰느냐?"는 질문에 많은 시인들은 "쓰지 않고는 견딜 수 없어서. 또는 표현하고 싶은 욕구" 때문이라고 답할 것이다. 많은 사람들이 시를 쓰고 읽으면서 마음의 치유를 받고 정서가 순화됨을 느끼게 된다. 다음 시는 시의 서정적 자아가 눈(雪)을 보며 마음을 정화시키고 치유하고 있음을 보인다.

겨울에 피는 꽃
갈기갈기 심장까지
얼어붙어
차라리 뜨거워서
피는 꽃이
향기 맑고 꽃색 찬란하여라

눈꽃 눈부시게 아름답지만
얼어서 핀다는 게
얼마나 큰 진통일까?
미소하는 눈꽃 바라보며
가슴속 아픔을 쏟아냅니다

-「겨울에 피는 꽃」 全文

눈(雪)은 정화(淨化)와 소멸(消滅)의 속성을 갖고 있다. 흰

눈이 온 세상을 덮으면 세상이 깨끗해 보이는 순백의 아름다움을 준다. 세상과 마음을 정화해 주는 느낌이다. 그러나 눈은 곧 녹아서 사라져 소멸해가는 결정적인 운명을 갖고 있다. 지상에 있던 수증기가 증발하여 대기층(대류권)에 쌓였다가 구름으로 뭉쳐 무게를 견디지 못하고 다시 하강하는 대류현상이 곧 비와 눈인 것이다. 영하의 날씨에 수증기가 얼게 되면서 미세한 얼음결정으로 바뀌어 눈송이가 된 것이다. 이런 자연 현상을 보고, 시인은 위의 시 1연에서 "얼어붙어/차라리 뜨거워서/피는 꽃"이라고 했다. 눈=꽃으로 은유(metaphor)로 연결해 내는 시인의 상상력이 놀랍다. 겨울에는 모든 생물이 얼어붙는다. 겨울에 피는 꽃은 존재하지 않는다. 시적 논리가 맞지 않는 말이다. 그러나 시인은 눈을 보고 "겨울에 피는 꽃"이라는 시각적 이미지로 상상해 낸다. 상상력(Imagination)은 시를 창조해내는 창조 원리이며 이미지를 창출해내는 능력이다. 콜리지[3]는 "사상과 사물의 만남, 즉 정신과 자연 두 세계를 연결하는 힘이 상상력"이라고 했다. "눈"이라는 사물을 조 시인은 왜 "꽃"이라는 시각적 이미지로 이끌어내었을까? 그의 정신에서 고양하고 있는 꽃의 이미지는 무엇일까? 꽃은 식물적 생명의 절정이다. 꽃은 지구상에 존재하는 생명체 중에 아름다움과 색채와 향기를 동시에 주는 미의 상징이다. 그러나 아무리 아름다운 꽃도 시들게 마련이고 세상을 아름답게 덮었던 순백의 눈도 녹게 마련이다. 눈과 꽃에는 소멸의 속성이 공통분모로 존재한다. 훌륭한 은유적 표현

3 새뮤얼 테일러 콜리지(Samuel Taylor Coleridge, 1772년~1834년 7월 25일)는 영국 시인·비평가이다.

이다. 더 나아가 "얼어붙어/차라리 뜨거워서/피는 꽃"이라는 표현을 보자. 얼어붙은 눈 알갱이를 "차라리 뜨거워서"라고 역설(paradox)적으로 표현하고 있다. 김영랑 시인은 「모란이 피기까지는」 시에서 "찬란한 슬픔의 봄"이라는 표현을 보였다. 슬픈 봄을 찬란하다고 역설적으로 표현한 김영랑의 시적 표현을 우수하다고 평가받고 있다. "얼어붙어/차라리 뜨거운" 조 시인의 표현력 또한 뜨거운 역설이다. 조 시인은 문학을 전공한 문학도가 아니라고 들었다. 토목 공학 전공자다. 그럼에도 언어를 다루는 솜씨는 문학도들의 영토에 깊이 파고든 능란한 표현력을 보이고 있다고 하겠다.

조 시인의 문학적인 역량은 표현력에서만 그치지 않고 있다. 그는 눈꽃이 얼어서 피는 과정의 진통을 본다. 꽃의 진통은 "가슴 속 아픔"(2연 5행)을 "미소하는 눈꽃"(2연 4행)으로 극복하는 시인의 내면 성숙을 이 시에서 보이고 있다. "미소하는 눈꽃"으로 초극(超克)하는 시의 힘을 보여주고 있다고 하겠다. 눈이라는 물질을 활어(活語), 의인화한 시적 언어가 문학적으로 숙성된 하얀 언어로 이 시에서 꿈틀거린다.

시는 예부터 인간의 정서를 담아내 왔지만 "시를 체험"이라고 보는 견해도 있어 왔다. 누구나 아픈 체험은 있을 것이다. 아픈 체험은 의식을 지배하며, 우리의 의식을 계속 아프게 한다. 이 시에서 고통스러운 상흔을 "하얀 눈꽃"으로 치유하고자 하는 시인의 내면이 이 시에서 흰색의 회화적(시각적) 심상으로 미소 지으며 자신의 아픔을 쏟아내고 있다. 시를 통해 자신의 아픔을 치유하고자 자기치료

제로써의 시의 순기능을 이 시에서 볼 수 있다.

라. 단풍에 대한 사유(原型, Archetype), 노장사상

나뭇잎에는 여러 색소가 들어있다. 기온이 낮아지면서 수분과 햇빛이 부족해지면 엽록소가 녹색을 잃고 갈색이나 빨간색 단풍(안토시안 색소), 노란색 단풍(코산코필과 카로틴)으로 색이 변하여 낙엽(落葉)-잎이 떨어지는 것이다. 그런데 조대연 시인의 시집 『슬퍼도 숨지 마』 80여 편의 시 중에는 단풍을 소재로 쓴 시가 14편을 차지한다. 조락의 자연 현상에 불과한 단풍에 대한 조 시인의 사유의 면면을 살펴보자.

가야만 할 때
그리고 놓아야 할 때가
계절 끝 언제인지
분명히 아는
단풍은 스스로의 몸에
불을 지펴요

그 모두
정해진 운명의 예약이어서
미련 없이
아쉬움 없이
불을 지펴 타 올라요

절정과 종착은

영원의 또 다른 시작이었고
잿 무덤 같은 낙엽 위에서
보석 하나가
이슬로 반짝였어요

-「단풍 드는 날」 全文

"그리고 놓아야 할 때가/계절 끝 언제인지/분명히 아는/단풍은 스스로의 몸에/불을 지펴요"라는 표현을 다시 읽어 보자. 위에서 언급했던 노자(老子)의 무위자연(無爲自然)을 노래하고 있는 싯구절이라고 할 수 있다.

집착하거나 저항하지 않고 자연의 순리에 순응하는 순성(順性)을 보여주는 자연물(단풍)에서 조 시인은 노장사상(老莊思想)의 도(道)를 말하고 싶은 것이다. "잿 무덤 같은 낙엽 위에서/보석 하나가/이슬로 반짝"이는 이유가 무엇일까? "잿 무덤 같은 낙엽"="보석"이라는 은유(metaphor)로 무엇을 말하고 싶은 것일까? 낙엽이 썩어 거름이 되고, 거름이 봄의 새순을 만들어 내는 원동력이 된다는 것을 본 것이다. 이슬처럼 낙엽으로 사라질 생명체의 종착에 절망하지 않고 "보석"이라는 시각적 이미지로 형상화해내는 표현력이 놀랍다. 가스통 바슐라르[4]는 『몽상의 시학』에서 "시적 상상력은 미래를 유혹한다. 이미지들에 주관적인 가치를 부여하는 것이 시인이 창조하는 의식과의 소통이며 시적 이미지는 의식의 기원이 된다."[5]고 했다. 이런 관점에

4 가스통 바슐라르(Gaston Bachelard, 1884년 6월 27일~1962년 10월 16일): 프랑스의 철학자. 저서: 『촛불의 미학』, 『몽상의 시학』 등.

5 가스통 바슐라르, 『몽상의 시학』에서 인용.

서 볼 때, 조 시인의 기원은 자연물의 죽음(낙엽)을 죽음으로 받아들이지 않고, 다시 새순으로 재생(再生)할 보석을 기원하고 있다고 하겠다. 죽음에서 재생과 부활을 갈망하는 무의식은 인류 전체의 보편타당한 집단무의식이다. 이것을 K. Jung[6]은 집단 무의식 중에 원형(原型, Archetype)이라고 보았다. 이런 면에서 「단풍 드는 날」은 원형을 그려낸 수작(秀作)이라고 하겠다. 원형을 표현한 「단풍 3」 작품도 감상해 보자.

푸르디 탱탱한
파란 날 지나고

시한부 짧은
단풍잎의 생명이라
서럽게 슬픈 빛이
고와서 짙어라

그 무엇의 미련이라도
이젠
마지막 이파리까지 놓아야만
영혼의 찬란한 자유를 얻음이어라

---

6 카를 구스타프 융(Carl Gustav Jung [ˈkarl ˈgʊstaf ˈjʊŋ], 1875년 7월 26일~1961년 6월 6일)은 스위스의 정신의학자로 분석심리학의 개척자. 프로이트가 개인무의식을 주장한 데 반하여, 집단무의식을 역설(力說)함.

적멸의 고요 속에
숨 멎어 떨어지는
저 단풍잎
무념무상에
영원의 깨어남이어라

-「단풍 4」 全文

단풍잎은 진다. 단풍잎의 마지막 "적멸"이다. 그것을 "영원의 깨어남"이라는 초월로 연결하고 있다. 쟈크 라캉이 말하는 승화(昇華)처럼 "영원의 깨어남"으로 단풍잎의 종말을 상징계로 끌어가려는 신화적 타자의 자각이라고 하겠다. 단풍 나뭇잎이 생명을 다하여 나무라는 본체에서 떨어져 추락하는 죽음을 영원의 깨어남으로 보려했던 조 시인의 의도는 무엇이었을까? "푸르디 탱탱한" 젊은 나뭇잎이었던 단풍에게 더 이상 영양을 주지 못하고 "마지막 이파리"에 "미련"을 놓으면서 "영혼의 찬란한 자유"를 얻어내는 사유의 깊이를 이 시에서 읽는다. 철학적인 사유의 깊이가 없는 시는 시의 생명이 없다고 했다. 이 시를 읽으면서 나뭇잎의 일생(새순→신록→단풍→조락)과 인생을 동궤(同軌)로 놓고 볼 때 인간의 죽음도 육신을 벗어버린 영혼의 찬란한 자유이며, 영원으로의 깨어남, 재생과 부활을 꿈꾸는 우리 모두의 집단무의식의 원형(原型, Archetype)을 읽을 수 있는 것이다. 마지막이나 죽음을 인정하고 싶지 않은 인간의 보편타당한 정서는 곧 모두에게 공감과 감동을 주기에 충분하다. 이러한 조 시인의 철학적 사유는 「단풍 4」 "황금의 불상이 되어/영겁의 옷자락을 날리는/은행나무 단풍”
에서도 보인다. “노란 은행나무 단풍”에서 “황금의 불상”을
연상해 내는 시적 상상력을 우리는 이 시에서 읽을 수 있
다. 용문사 은행나무에 노랗게 물든 그림 한 폭을 보는 듯
하다. 14편의 단풍 시들을 모두 제시하지 않더라도, 14편
에서 보이는 이미지는 모두 회화적(시각적) 심상으로 시를
빚어내고 있다. 마치 화집(畵集)을 보는 듯하다.

무위자연을 노래한 다음 시 한편을 더 감상해 보자.

바람은 미안해
살며시
꽃잎 곁에 다가갔어요

하지만
꽃잎은 나 꽃이 지면
울 거냐고
바람에게 말했어요

바람은 빗방울 불러와
뚝뚝뚝
눈물로 답했어요

-「꽃 질 때」 全文

바람과 꽃잎의 대화이다. 바람이 불어 꽃이 지는 게 바

람은 미안하다. 꽃이 지면 "울거냐"고 꽃이 바람에게 묻는다. "바람은 빗방울 불러와 눈물로 답"한다. 꽃과 바람의 자연물들(사물)을 의인화하여 대화체로 이끌면서 잔잔한 감동을 준다. 일반인들이 보지 못하는 것을 시인은 보고, 일반인들이 듣지 못하는 것을 시인은 듣는 게 시인의 귀라고 했다. 이 시를 읽으면서 조 시인의 예민한 감수성과 감성이 느껴진다. 시의 요정이 조용히 속삭이는 것 같다. 즉물시라는 말이 있다. 사물에 대한 정서나 의미를 시화(詩化)하기보다는 물질적인 감각을 드러내 이미지화하는 것을 중시하는 시 즉 이미지즘 시를 말한다. 그러나 이 시에서는 이미지에 집착하지 않고 사물을 정령화(精靈化)하여 바람과 꽃이 서로 보듬어주는 위로의 미학을 보여주고 있다. 마음이 잔잔하게 포근해지는 시이다. 꽃이 지는 것은 바람의 기류에 의한 자연현상에 불과하다. 이것에 의미를 부여하여 자연물의 작은 몸짓에 사유를 옷 입히는 시인의 시선에 감동하지 않을 수 없다. 바람의 기류 작용에 순응하여 꽃이 지는 순성(順性) 역시 노장사상이 말하는 구도(求道)일 것이다. 이런 시를 자연친화적인 시라고 말해도 좋을 것 같다. 이 친화력은 원초적인 자연 감정의 '무위자연성(無爲自然性)'으로 연결지어도 좋을 것이다.

마. 순우리말 시어를 살린 시

한국적인 것은 Locality, 강한 향토성, 변질되지 않은 한국적인 정서, 한국적인 체취들이 사전 속에 잠자고 있는 고운 순우리말을 살려 한국적인 이미지들로 친근감, 토속적인 서정이 발상 기저를 거시적(巨視的)으로 모든 시인들이 노력해야 할 시인의 사명 중에 하나가 아닐까 한다.

언어는 정신이다. 서구화되어가는 4차 산업혁명 물질 시대에 순수한 우리말이 점차 사라져가고 있는 게 요즘의 실태다. 외래어가 난무하고, 거리에 간판 중에 40% 이상이 외국어 간판을 붙이고 있다. 그래야 그럴 듯해 보이고, 품격이 있다고 생각하는 주체성이 결여된 현상이다. 이런 상황 속에서 사라져가는 순수한 우리말을 살려내려는 시인의 노력은 우리 정신-전통-한국의 뿌리를 살리려는 용단이라고 하겠다. 얼마 전 '말모리'라는 영화를 본 적이 있다. 일제 강점기 때 몇몇 뜻있는 이들이 목숨을 걸고 우리말 사전을 만드는 고초를 그린 영화였다. 한국 정신, 순우리말을 살려내고 지켜내는 노력은 조대연 시인 혼자만의 노력에만 그쳐서는 안 될 것이다. 모든 시인들뿐 아니라 국민 모두가 해야 할 당연한 도리일 것이다.

높게더기를 지나
덤부렁듬쑥을 헤쳐서
힘겨이 노루막이에 올라
박새바람이 부는
츠렁바위 위에 섰네

고즈넉한 시밝에
새녘쪽 아라에서
햇귀가 아름답게 피더니
일출이 솟았네

붉은 아람 같이
나와서
함초름하게
솟아오르는
해오름을 다솜스럽게
품어 맞으리

-「해오름」 全文

다솜한 봄바람 아니올까?
꽃샘바람 애가타서
이날저날 설레여
기다리다 졸리는데

-「봄소식 1」 1연

담숙한 햇살이
흙속에 다가와 입맞춤하며
바람은 향기 그리워
담숙해집니다

노고지리 우짖음에
긴 겨울 꽃잠의
생명들이 깨어납니다

철새들
마녘 멀리
그리운 소식 품고서
쉬임 없이
희망의 날개짓 하며 날아옵니다

-「봄소식 2」全文

바. 이미지의 변용

1) 이미지의 시적 긴장

꽃에는 생명의식과 희망, 아름다움을 갈구하는 미학을 추구하는 인류의 무의식이 담겨있다. 조대연 시인의 시집 『슬퍼도 숨지 마』 80여 편 중에 "꽃"을 소재로 한 시가 22편이다. 25%가 넘는다. 조 시인은 단풍에 못지않게 꽃에 대한 관심이 지대하다. 심리학에서 아니무스(animus)는 과학, 이성, 로고스, 남성성, 합리적, 객관성을 말한다. 반면에 아니마(anima)는 영혼, 시, 미토스, 여성성, 주관을 아우르는 말이다. 조 시인의 시의 감성은 아니무스라기 보다는 아니마가 강하게 표출되는 것을 볼 수 있다. 찔레꽃, 두견화, 가시나무, 패랭이꽃, 봉선화, 갈대꽃, 연꽃, 진달래꽃, 목련 등 다양한 꽃에 대한 시들은 사유와 함께 이미지 투성이다. 한편의 시 안에 시각적 이미지와 청각적 이미지, 또는 후각적 이미지와 촉각적 이미지를 병치시키면서 시적 긴장(tension)을 보인다. 이런 시의 전문(全文)을 제시하기보다 일부 구절들을 살펴보도록 하자.

「패랭이꽃 3」 1연에서 "노을 붉게 타오르다"는 시각적 이미지다. 2연에서 "꽃잎 붉어서"/"꽃잎에 이슬이 맺혀"는 시각적 이미지다. 3연에서 "새벽 종소리"의 청각적 이미지를 "송이 꽃 떨어져요"라고 시각적으로 연결했다. 한 시 안에서 시각과 청각적 이미지의 시적 긴장이 느껴진다.

「사막의 꽃」 1연에서 "꽃향기"는 후각적 이미지, "모래밭"과 "꽃잎"은 시각적 이미지다. 2연에서 "울어"는 청각적 이미지, "눈물방울"은 시각적 이미지다. 3연에서 "풀벌레 노래" 또한 청각적 이미지다. 후각-시각-청각적 이미지가 대비되면서 보이는 시적 긴장이 팽팽한 이미지의 천국을 보여준다.

「진달래 3」 2연에서 "꽃 눈물", "진달래 꽃무덤"은 시각적 이미지, "소쩍새 날아와 울어라"는 청각적 이미지다. 3연에서 "꽃무덤", "진달래 꽃 핀 산", "다홍치마"는 시각적 이미지다. 청각과 시각적 이미지가 이 시에도 시 읽는 긴장감을 더해준다.

한 몸 불태움의
소신의 공양으로
저리 어둔 세상
불 밝히리오

-「단풍의 고해」 全文

소신공양(燒身供養)이란 "자기 몸을 태워 부처 앞에 바친다."는 뜻의 불교용어이다. 붉게 물든 단풍을 보며 "불태움"을 연상해내는 것은 많은 시인들의 연상기법이기도 했다. 그런데 단풍이 불타는 것에서 소신공양을 연상해 내고 "어둔 세상/불 밝힌다"라는 상상력은 독창적인 발상으로 보인다. 단풍이 붉게 물든 것은 엽록체가 파괴되어 광합성 작용이 약해진 까닭이다. 나무는 영양분 보호를 위해서 잎을 떨어뜨리게 되는 것이며, 겨울을 최대한 버텨 다음 해를 살아내기 위한 자연 현상이다. 조락을 통해 겨울을 견디고 새봄을 기다리는 자연의 본능적 반응이라고 할 수 있다. 어둔 세상(겨울-죽음)을 불 밝혀 새봄(재생)을 준비하고자 하는 자연의 생명력은 곧 우주의 신비-생명의 비밀스러운 신비로움으로 연결된다. 이곳이 곧 부처 앞에 몸을 바쳐 구도(求道)하고자 하는 단풍잎의 처절하고도 진실한 몸짓과 통하는 것이다. 4행의 짧은 시 안에서 조 시인의 자연관과 우주관이 읽혀진다.

좋아하는 이
그리움 더 간절해질 때
단풍나무 이파리에
편지를 씁니다

그리움의 언어
단풍처럼 곱지 않아도
그저 단풍나무 잎에 쓰면
편지도 아름다울 겁니다

단풍잎 하나 하나

편지를 써서
사람들 하나 하나
그리움을 전하면
마음도 마냥 고와질 겁니다

별빛 따라 떠나가는
단풍잎의 여행 편에
편지가 전해지면
그리움이 있는
세상 사람들 모두가
마음이 마냥 사랑으로
물들 겁니다

-「단풍나무 곁에서」 全文

편지는 너와 나를 연결해주는 소통의 끈이다. 조 시인은 "별빛 따라 떠나가는/단풍잎의 여행 편에/편지가 전해지면/그리움이 있는/ 세상 사람들 모두가/마음이 마냥 사랑으로/물들 겁니다"라고 했다. 그리움은 그리는 상대방의 부재(不在)에서 온다. 프랑스의 심리학자 쟈크 라캉은 "욕망은 결핍에서부터 출발한다."고 했다. 우주에 존재하는 모든 삼라만상은 사랑받고 싶은 욕망을 갖고 있다. 좋은 기운을 갖고 있는 상대-정서가 통하는 상대-이성이든 동성이든 간에 함께 하고 싶어 한다. 외롭기 때문일 수도 있다. 함께 하고 싶은 이의 부재, 결핍이 곧 그리움이 되는 것이다. 그러나 조 시인은 "그리움이 있는/세상 사람들 모두가/

마음이 마냥 사랑으로/물들 겁니다"를 열망하고 있다. 그리고 사랑으로 물들게 하는 매개체가 "단풍잎 편지"다. 붉게 물든 "단풍잎 잎사귀→편지→사랑으로 물들기"를 갈망하는 조 시인의 무의식인 것이다. 사랑으로 충일(充溢)되길 열망하는 시인의 마음이 강하게 느껴지는 시이다.

2) 이미지의 낯설게 하기와 폭력적 결합

백목련 꽃
그리움 있는 곳에서부터
참을 수 없어 피어올 때
꽃잎 열리는 소리에 님 소식도 들릴까?
기다림에 백목련 하얀 그리움으로
밤새워 피움입니다

한밤 내내 사르륵 사르륵
꽃잎 열리어
그리움 하얗게 피어 오면
꽃잎마다 잎새마다
어느새 눈물 같은
새벽이슬이 맺혀 옵니다

어느 날 당신의 숨결이
그리움 하얀 내게
봄바람으로 다가서 올 땐
마음의 창 활짝 열어

파아란 당신을 맞이할 겁니다

-「하얀 그리움」 全文

그리움에는 색채가 없다. 그러므로 하얀 그리움이라는 표현은 시적 논리가 맞지 않는다. 그러나 서정적 자아는 '그리움'이라는 관념어 곧 추상명사를 물질명사처럼 환기시켜 낯설게 하기, 다시 말해서 "하얀" 색채로 시적 장치를 하고 있다. 또한, 이 시에서는 "하얀 백목련"에 하얀 색채 이미지와 "파아란 당신"의 파란색 이미지의 대비를 보인다. 다음 시에서도 이미지의 변용을 살펴보자.

바람 아직 시릴까?
봄문 살짝 열고
얼굴 내밀다
화사한 봄빛에 반하여 그만
꽃망울 밀고서 아예 피었어요

단장한 백옥 얼굴
매혹의 분홍 입술
그리고 봄비에 젖어
봉우리마저 열더니
새 노래 장단에
치맛자락 팔랑이며 나는 듯
춤을 춰요

며칠이 천년같이

짧지만 진하게
아름답게 머물다가
떠나가는
이날의 사랑
이날의 자유는 승화되어
꽃비로 산화되는 허공엔
은빛 찬란한 반짝임으로
철렁여 와요

-「산 벚꽃 」全文

이 시는 다양한 이미지를 묘사하고 있다. 1연에서 "시리다"는 촉각적 심상이며, "꽃망울"은 시각적 심상이다. 2연에서 "분홍 입술"은 시각적 심상, "노래 장단"은 청각적 심상이다. 이 시는 촉각-시각-청각적 심상의 다양한 이미지의 시적 긴장을 보이는 것에서 그치지 않는다. 3연에서 "자유"가 "꽃비"라는 이미지 장치를 보인다. 자유는 모양도 색채도 없는 추상명사 곧 관념어다. 관념어를 "꽃비"라는 시각적 이미지로 형상화내고 있다. 이미지의 폭력적 겹합이다. 영국의 존 던[7]이 중심이 되어 주창했던 통합적감수성, 형이상시[8]에 해당되는 시다. 같은 예를 「두견화」에서도 발견할 수 있다.

날이 밝은 아직도

7 존 던(John Donne): 성공회 사제이자 시인.
8 『21C 형이상시학과 시론』(최규철, 조선문학사)

귀촉도는
설워 불설워
목 터져 피를 토해내
영취산 온통 짙붉도록
물들이는 진달래꽃
봄날의 그리움 더해가리

-「두견화」 5연

"그리움" 역시 모양도 색채도 없는 관념어다. 눈으로 볼 수 없는 오브제를 물질명사인 "진달래꽃"이라는 시각적 심상으로 형상화하는 이미지의 폭력적 결합을 보인다. 시는 압축이고 상징이다. 칼 샌드버그[9]는 "시란 무지개가 어떻게 만들어지고 어떻게 사라져 가는가를 말해주는 심상의 기록"이라고 제시했다. 위의 시는 카알 샌드버그의 시에 대한 정의를 환기시켜주는 시라고 하겠다. 이미지는 서정적 자아의 상상력에 의해서 시인의 마음속에 창조된 심상(心象)이다. 위에 시에서 보인 "피", "진달래꽃"의 이미지는 그리움이 처절한 화자의 마음속의 이미지로 대신해 주고 있는 것이다. 형이상시의 시각적 형상화를 다음 시에서도 감상해 보자.

나 홀로 시름에 잠겨
거닐던 길이

9 칼 샌드버그(Carl Sandburg, 1878년 1월 6일~1967년 7월 22일)는 미국의 시인, 작가, 역사가이다.

아름다움의 기쁨과
반짝이는 환희의
꽃길로 춤추네

-「코스모스 꽃핀 길」5연

이 시에서도 "환희"라는 관념어를 "꽃길"이라는 시각적 이미지로 형상화하는 이미지의 폭력적 결합을 볼 수 있다.

3. 나가는 말

필자는 조대연 시인의 시집 『슬퍼도 숨지 마』 80여 편의 시편들을 읽고 나름대로의 시각으로 이해하고 해설 제목을 '한국적 전통성 추구와 이미지 변용의 시정(詩情)'이라고 붙였다. 순수한 우리말을 살려서 시를 쓰려는 노력이나, 시편들이 노장사상(老莊思想)과 연결되고 있음을 알 수 있었다. 단풍이나 꽃잎 등의 자연물들이 순성(順性)의 도를 추구하는 철학적 사유를 담고 있는 시편들의 면면을 살펴보았다. 또한, 시각-청각-후각-청각이미지 등을 다채롭게 변용하면서 이미지의 시적 긴장과 이미지의 폭력적 결합을 꾀하는 언어를 다루는 표현력을 살펴보았다. 무엇보다도 그의 시편에 흐르는 위로의 미학, 철학적 사유의 깊이를 검토해 보았다. 원형(原型, Archetype) 곧 죽음-재생을 추구하는 집단무의식이 녹아있는 작품들의 면면도 살펴보았다. 독자들의 마음에 시 읽는 즐거움과 행복이 전해지길 기원하며 글을 맺는다.